Le voyage de Branche et Poppy

hachette
JEUNESSE

Voici Trollville ! C'est là que je vis. Tous les habitants sont un peu trop heureux ici. Ils sont tous colorés et tout le monde aime chanter et danser et se faire des câlins et chanter et danser et se faire des câlins et chanter et danser... Tout le monde sauf...

moi !

Je m'appelle Branche et je suis le seul Troll gris. Contrairement aux autres Trolls, je ne chante pas, je ne danse pas et je ne fais de câlins à personne. En fait, ce que je fais surtout, c'est m'inquiéter à propos des Bergens. Ils sont énormes, méchants et tristes. Et il y a très longtemps, ils avaient pour habitude de nous manger.

Tu vois, les Bergens pensaient qu'en mangeant des Trolls, ils seraient aussi heureux qu'eux. Heureusement, le très intelligent King Peppy a réussi à duper les Bergens et les Trolls ont pu s'échapper. Ensuite, ils ont construit une ville secrète très loin des Bergens : Trollville.

Mais les Bergens pourraient revenir n'importe quand, alors je reste sur mes gardes. Je me rends à chaque fête bruyante pour leur dire « TAISEZ-VOUS ! Vous allez attirer les Bergens ! » Et puis je retourne dans mon bunker, un lieu sûr et bien caché.

Aujourd'hui, il y a une grande cérémonie. La ville tout entière est plongée dans un bruit assourdissant : c'est la fête la plus grosse et la plus folle du monde ! Évidemment, personne ne m'écoute lorsque je les avertis du danger.

Pour la princesse Poppy, tout tourne autour des cupcakes et des arcs-en-ciel. Elle aime chanter... et danser... et chanter. Et c'est encore mieux si c'est très fort.

Ils continuent à chanter et danser et se faire des câlins et chanter et danser et se faire des câlins, et ils ont des paillettes et des arcs-en-ciel et un DJ pour la musique et des **FEUX D'ARTIFICE** et...

AAAAHHHH ! UN BERGEN !

... UN BERGEN ! C'est Chef qui nous a entendus et qui est venue dans notre ville. Elle attrape un petit groupe de nos amis qu'elle garde pour les ramener à Bergenville.

Mais je me suis préparé pour ce jour. J'ai créé la meilleure
cachette de tout l'univers : un bunker super secret de survie.
Il y a assez de nourriture et d'eau pour tenir dix ans, onze si je suis
prêt à recueillir et à boire ma propre transpiration, ce que je ferai.

J'étais prêt, lorsque Poppy est arrivée.
Elle a essayé de monter un plan pour sauver
ses amis et a demandé mon aide. Puis, elle a
emprunté mon bunker pour que le reste des Trolls
s'y cachent. Arrrrgg !

Tous ces Trolls joyeux me rendaient FOUS ! Alors je suis parti avec Poppy pour sauver ses amis. Nous avons traversé une forêt sombre et avons dû combattre des monstres étranges et des araignées effrayantes. Mais Poppy était décidée et rien ne pouvait l'arrêter. On a travaillé ensemble et, finalement, on a trouvé les tunnels secrets de l'Arbre des Trolls jusqu'à Bergenville.

Lorsqu'on est arrivés au château de Bergenville,
on a vu Chef amener les Trolls au prince des Bergens :
Prince Graillon. Il a alors annoncé qu'il y aurait un festin
du Trollstice. Les Bergens allaient manger nos amis !

Une Bergen domestique appelée Brigitte a pris les Trolls dans sa chambre. Là, Poppy a eu une super idée. Elle a vu que Brigitte avait un énorme coup de cœur pour Prince Graillon. Si les Trolls l'aidaient à prendre confiance en elle pour rencontrer le prince, Brigitte pourrait les aider à s'échapper de Bergenville !

Brigitte s'est présentée à Prince Graillon en disant qu'elle s'appelait Lady Paillette-Froufrou. Grâce à l'entraînement de Poppy, Brigitte a avoué au prince ce qu'elle ressentait pour lui. Et il l'a tellement appréciée qu'il l'a emmenée faire du roller ! Mais Brigitte a découvert que Prince Graillon avait mis Creek dans son médaillon...

Poppy n'abandonnerait jamais un Troll ! Alors
nous nous sommes faufilés dans la chambre de Prince
Graillon pour sauver notre ami Creek. On a attrapé
le pendentif du prince, et regardé à l'intérieur...

Mais Creek n'était pas là ! Malheureusement,
on a appris que Creek avait informé Chef de l'endroit
où se trouvaient les autres Trolls pour pouvoir sauver sa peau.
Nous étions tous condamnés. **CONDAMNÉS !**

Je n'avais jamais vu Poppy si malheureuse. Elle ne chantait
plus, elle ne dansait plus, elle ne faisait plus de câlins
à personne. Elle ne voulait même plus dessiner !

Poppy est donc devenue toute grise, comme moi.
Et bientôt, tous les Trolls ont perdu espoir et sont
devenus gris, eux aussi.

C'est à cet instant que j'ai réalisé que Poppy était ma meilleure amie. Elle m'a peut-être rendu fou avec toutes ses chansons, ses danses, ses câlins, ses cupcakes et ses arcs-en-ciel, mais elle m'a aussi rendu heureux. Ça a été très dur de la voir si triste.

Je n'arrivais pas à croire ce que j'étais sur le point de faire.
J'ai pris une profonde inspiration et j'ai commencé... à chanter !
Avant que je ne m'en rende compte, Poppy avait retrouvé
ses couleurs ! Un à un, chaque Troll a retrouvé ses couleurs...
et moi aussi !

Puis, Brigitte nous a trouvés. Heureusement pour nous,
elle s'était rendue compte qu'elle ne pouvait pas laisser
les Bergens nous manger. Grâce à elle, on a pu s'échapper.

Mais on ne pouvait pas abandonner Brigitte : on a décidé de la sauver. C'est bien le genre des Trolls, ça ! Quand Prince Graillon a découvert que Brigitte était en réalité Lady Paillette-Froufrou, il a réalisé qu'il était amoureux d'elle. Ça le rendait totalement heureux... Il n'avait pas besoin de manger des Trolls, après tout !

On a commencé à chanter et à danser. Les Bergens étaient un peu perdus au début, mais ils nous ont finalement rejoints. Tout comme moi, ils ont découvert que leur bonheur n'était pas si compliqué à atteindre.

Les Trolls et les Bergens criaient tous en chœur des « hourra ! hourra ! » Puis, Poppy est devenue la reine des Trolls. Nous avons fait la plus incroyable, la plus folle... la plus grosse fête de tous les temps ! Et tu sais quoi ? J'AI ADORÉ ÇA !